PATR

Frank

© Frank Pumet, 2024

Esta historia ha sido inscrita en el Registro de la Propiedad Intelectual. Se prohíbe su uso sin autorización. El plagio supondrá el emprendimiento de acciones legales contra el infractor.

Todos los derechos reservados.
Cualquier parecido con personajes reales o imaginarios es pura coincidencia.

Also by Frank Pumet

Las chicas
Vanesa
Marta
Patricia

Soraya
Un clavo saca otro clavo

Standalone
Más allá de la cancha
Sombras de Mompracem

Tabla de Contenido

La socorrista 1
Nuestras primeras palabras 5
Siguen los «accidentes» 11
El intruso nocturno 17
Erica 23
Identificado 27
La amenaza 31
La identidad de la sombra 37
La calma después de la tempestad 43
Un verano inolvidable 47

Dedicado a Erica y Patricia Hernández López, las gemelas

La socorrista

Aunque siempre me gustó ir a la piscina desde que era pequeño e iba con mi madre, aquel verano iba a ser especial y lo supe desde el primer día en el que fui. Tal vez era el aire que olía a cloro mezclado con protector solar, el sonido del agua chapoteando mientras los niños reían, el eco de las voces de otros visitantes o quizá era Patricia, la nueva socorrista. No podía decirlo con certeza, pero desde el primer día que la vi todo en ese lugar me pareció diferente.

Había convertido la piscina en mi refugio personal. En cuanto terminaba el trabajo, tomaba mi mochila y me dirigía directo al complejo deportivo. Me gustaba llegar antes del atardecer, cuando el calor había amainado un poco y el lugar empezaba a vaciarse. Era entonces cuando se podía disfrutar de un par de horas de tranquilidad, sin las carreras de los niños ni el bullicio de la multitud y, por supuesto, era por las tardes cuando estaba ella.

Alta y con una interminable melena negra, no puedo negar que me atrajo desde el primer momento en que la vi. Parecía inalcanzable, sentada en una silla de plástico bajo una sombrilla, observando todo con una serenidad imperturbable y, aun así, cuando sus ojos recorrían la piscina, cuando sus labios esbozaban una sonrisa al responder a algún saludo, había algo cálido y cercano en su mirada. Me gustaba cómo se movía con esa seguridad, como si supiera que tenía todo bajo control.

La rutina siempre era la misma: dejaba mis cosas en una de las tumbonas al lado de la piscina, me colocaba las gafas de bucear y me zambullía en el agua. Allí, bajo el agua, todo se volvía silencioso, casi hipnótico. Los problemas del día desaparecían, las preocupaciones quedaban en la superficie y me sentía en paz. Al nadar de un lado a otro, solía ver a Patricia de reojo en su silla y mi imaginación me hacía pensar en escenarios y en conversaciones que tenía muy claro que nunca tendrían lugar.

A veces, al terminar mis ejercicios, me sentaba en el borde de la piscina y observaba el ambiente a mi alrededor. Los adolescentes haciendo piruetas desde los trampolines, los padres tratando de mantener vigilados a sus hijos, los nadadores serios y concentrados en sus brazadas… era un mundo en miniatura y Patricia estaba en el centro de todo, vigilante y alerta.

Una tarde, mientras descansaba en mi tumbona, Patricia se acercó al borde de la piscina con su walkie-talkie en la mano. Llevaba puesto un bañador verde que resaltaba su figura atlética y, aunque intentaba parecer concentrada en su trabajo, noté un destello en su mirada, como si hubiera reconocido mi rostro entre todos los otros bañistas.

—¿Todo bien por aquí? —preguntó a un grupo de adolescentes que habían estado lanzándose agua unos a otros.

Su tono era firme, pero amable. Parecía tener un don para transmitir autoridad sin resultar intimidante y los chicos rápidamente se calmaron.

Me encontré observándola, fascinado. Me pregunté si alguna vez notaría mi presencia y si su mirada se posaría en mí por un motivo que fuera más allá de su trabajo y de la profesionalidad con la que se lo tomaba.

En medio de mis pensamientos o, para ser más exacto, de mis fantasías, me sobresaltó un pequeño alboroto. Un hombre de mediana edad, uno de esos visitantes que siempre parecían venir solos y se dedicaban a nadar con seriedad, se encontraba en el suelo, justo al borde de la piscina. Al parecer, había resbalado mientras caminaba hacia el trampolín. No entendía cómo había sucedido, ya que la zona estaba señalizada como «segura» y parecía seca.

Patricia reaccionó de inmediato, dirigiéndose hacia él con rapidez y sacando su botiquín de primeros auxilios de una mochila que llevaba consigo.

Me acerqué un poco para observar mejor aquella escena. La mayoría de los visitantes lo hacían, ya que, en un lugar tan tranquilo como la piscina, cualquier alteración resultaba en una especie de espectáculo.

Patricia se arrodilló junto al hombre, preguntándole si se sentía bien y revisando su pierna, que parecía ligeramente torcida. A pesar del revuelo, su voz era calmada y profesional, sin el menor atisbo de dramatismo.

—Tranquilo, respire hondo. ¿Le duele mucho? —preguntó mientras revisaba su tobillo con suavidad y dando muestras de que sabía lo que hacía.

El hombre negó con la cabeza, visiblemente avergonzado. Murmuró algo sobre que el suelo estaba resbaladizo. Patricia asintió y tomó nota en su libreta, una formalidad que el centro exigía para registrar cualquier incidente. Tras esto, se levantó para informar a su supervisor. El incidente se resolvió rápidamente y el hombre, aunque cojeando un poco, se fue por su cuenta, dejándonos a todos con la incógnita de cómo había sido posible esa caída.

Cuando Patricia pasó junto a mí de vuelta a su puesto, nuestras miradas se cruzaron por un instante. Fue solo un segundo, pero en esa fracción de tiempo me pareció ver una chispa de complicidad, como si ambos supiéramos que aquello había sido algo fuera de lo común. Me atreví a mostrarle una pequeña sonrisa y, para mi sorpresa, ella me la devolvió antes de volver a su silla.

Regresé a mi tumbona, con una extraña sensación de inquietud. Había algo en lo que había pasado que sabía que no encajaba.

La piscina estaba bien mantenida, el personal se aseguraba de que el área estuviera siempre en perfectas condiciones y, aun así, un hombre había terminado en el suelo en una zona que parecía completamente segura.

Intenté convencerme de que probablemente se trataba solo de una coincidencia y de un accidente desafortunado y traté de volver a concentrarme en la calma de aquel final de tarde. Mientras lo hacía, no pude evitar acordarme de la forma en que Patricia me había sonreído.

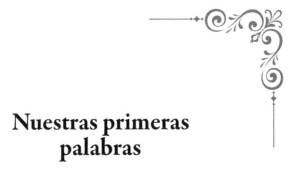

Nuestras primeras palabras

Después de aquel primer incidente, comencé a ver a Patricia de manera distinta y no solo en un sentido romántico. Había algo en ella, en su calma y firmeza al enfrentar una situación inesperada, que me llamaba bastante la atención. Fue así cómo me descubrí a mí mismo acudiendo a la piscina todas las tardes, sintiendo una especie de impulso inexplicable, buscando la tranquilidad del agua y, por qué no decirlo, una nueva oportunidad para cruzar una mirada con ella.

A los pocos días, el universo, el karma o tal vez la casualidad decidieron ayudarme. Era una tarde cualquiera y, por lo que fuera, la piscina estaba menos concurrida de lo habitual. Las horas de mayor actividad ya habían pasado y la atmósfera era tranquila. Pude nadar en la calle menos transitada, con movimientos lentos, sin prisa y disfrutando de la sensación del agua fresca sobre mi cuerpo.

Al salir de la piscina, allí estaba Patricia, de pie junto a la escalerilla.

—Parecías muy concentrado en tus brazadas —me dijo con una ligera sonrisa, rompiendo el hielo antes de que yo pudiera decir algo.

—Bueno, intento mantener el ritmo, aunque tampoco es que sea Michael Phelps —respondí, un poco nervioso y echándome a reír.

Nos quedamos en silencio un segundo y, sin saber muy bien por qué, sentí el impulso de mencionar el incidente del hombre que había resbalado.

—¡Vaya susto el otro día con el hombre que se resbaló! ¿Ha sucedido algo más estos días o han sido tranquilos? —pregunté, intentando no sonar demasiado cotilla.

Para mi sorpresa al esperar que me dijera que no, Patricia asintió, frunciendo ligeramente el ceño.

—No te quiero mentir. La verdad es que he visto cosas extrañas últimamente. Nada grave, pero sí demasiados accidentes menores. Personas que resbalan, algún que otro tirón muscular... no es normal, especialmente en esta piscina en la que cuidamos mucho que todo esté en orden.

Me quedé un momento callado, sin saber muy bien qué decir.

—¿Te preocupa?

Sé que no fue una forma muy ingeniosa de seguir la conversación, pero no se me ocurrió otra.

Patricia me miró a los ojos, como si estuviera dudando en contarme lo que realmente sentía.

—No sé si es exactamente preocupación... pero sí tengo una especie de intuición, como si algo no marchara bien. Tal vez sean solo casualidades, pero... ¿tantas y tan seguidas?

Como me pareció que se sentía incómoda hablando del asunto pero, al mismo tiempo, yo no quería dejar de hablar con ella ahora que, sin esperarlo, había empezado a hacerlo, decidí cambiar de tema e hice un comentario sobre el tiempo, el comodín que siempre funciona.

Nuestra conversación fluyó con naturalidad y, cuanto más hablábamos, más me di cuenta de que Patricia no era solo una mujer increíblemente atractiva, sino que además tenía una presencia y una forma de hablar que transmitía calma y seguridad.

Me contó cómo llegó a ser socorrista y lo importante que era para ella mantener el ambiente seguro para los visitantes. Así pasamos aquella tarde, charlando sobre todo tipo de temas y, en lo que a mí respecta, teniendo más que claro que me había enamorado profundamente de ella.

EN LOS DÍAS QUE SIGUIERON nuestros encuentros se hicieron más frecuentes, buscándonos mutuamente. Cada vez que iba a la piscina ella estaba ahí y, si nuestras miradas se cruzaban, lo que siempre sucedía, al final parecía inevitable que termináramos hablando.

A veces, yo la sorprendía en medio de su descanso; otras, ella se acercaba después de ver que había terminado mi sesión de nado. Pronto, nuestras conversaciones se volvieron una parte importante de mi rutina.

Un día, mientras hablábamos al borde de la piscina, Patricia me contó que había habido otro incidente la tarde anterior. Un niño pequeño había tropezado al salir de la piscina y casi se había golpeado la cabeza contra el borde. Por suerte, ella se encontraba cerca y pudo sujetarlo antes de que sucediera algo grave.

—Es raro, porque había mucha gente alrededor y nadie pareció darse cuenta de lo que había pasado —comentó con una expresión de preocupación—. Se lo conté a mi supervisor, pero, no sé, parece que no le dio ninguna importancia.

—¿Tú crees que hay algo más detrás de estos accidentes? —le pregunté, tratando de averiguar si había algo que no me estaba contando.

Patricia se encogió de hombros, manteniéndose seria.

—No quiero ser paranoica. Es solo... una corazonada, supongo. Siento que hay algo que no encaja y tal vez estoy viendo patrones donde no los hay, pero no me parece ni medio normal tanto accidente. Ninguno es grave, pero... no sé, es que no lo entiendo.

Nos quedamos en silencio, ambos inmersos en nuestros pensamientos. No sabía qué decir porque no tampoco conocía cómo de frecuentes eran esos incidentes en otras piscinas, si bien me fiaba de lo que decía al tener ella una experiencia que, desde luego, yo no poseía.

De pronto, un grito nos sobresaltó. Al otro lado de la piscina, una mujer joven estaba tendida en el suelo con una expresión de dolor en el rostro. Al parecer, también había resbalado mientras intentaba entrar al agua.

Patricia reaccionó de inmediato, olvidándose de nuestra conversación y corriendo hacia ella sin pensárselo. Me acerqué por curiosidad y, al llegar, noté que la zona estaba seca, sin señales evidentes de agua que justificaran el deslizamiento del que esa mujer había sido víctima.

La accidentada se quejaba de su muñeca, que parecía torcida. Patricia tomó su muñeca con suavidad y comenzó a moverla para asegurarse de que no estuviera fracturada. Al ver que solo parecía ser un esguince leve, le colocó una venda improvisada para inmovilizar la mano.

—¿Te duele al mover los dedos? —le preguntó a la mujer, asegurándose de que pudiera mover la mano sin mucho dolor.

—Un poco, pero estoy bien —respondió la mujer, visiblemente incómoda por aquella situación—. Creo que solo fue mala suerte.

Patricia asintió, con una expresión que yo ya empezaba a conocer y que equivalía a intentar mantener la calma como si nada extraordinario estuviera sucediendo cuando, en el fondo, sabía que no era así.

Cuando el pequeño alboroto se calmó y la mujer se marchó, volví a acercarme a Patricia. Ella estaba observando la zona en la que la mujer había resbalado, como intentando encontrar alguna explicación.

—¿Es posible que alguien... no sé, esté provocando estos accidentes? —aventuré, consciente de lo descabellado que sonaba pero, al mismo tiempo, seguro de que ella también lo creía así aun cuando no lo hubiera expresado.

—Es lo que he estado pensando —admitió ella sin tapujos y sin apartar la vista del lugar del incidente. —No tengo pruebas, pero... hay algo aquí que no está bien y odio no poder hacer más al respecto.

Nos quedamos en silencio, compartiendo la sensación desagradable a la que nos había conducido todo aquello. Ese silencio no duró más de diez segundos y fue ella la que lo rompió mientras recogía sus cosas para regresar a su puesto.

—Gracias por escucharme. Me da la sensación de que todos piensan que estoy loca y que tú eres el único que me cree.

No pude evitar creer, quizá porque lo deseaba con todas mis fuerzas, que aquellas palabras significaban más de lo que parecían. Le acaricié un brazo justo antes de que se alejara.

Al ver su rostro de preocupación, sentí que cada vez me unía más a ella y que no la dejaría sola, puesto que, al fin y al cabo, tenía más que claro que aquel «accidente» no iba a ser ni mucho menos el último que tuviéramos que presenciar.

Siguen los «accidentes»

Los días pasaron y, como si fuera parte de una rutina maldita, siguieron ocurriendo. Al principio eran pequeños incidentes: algún que otro resbalón, alguien que se torcía un tobillo o un niño que parecía tropezarse de la nada. Sin embargo, la frecuencia y el tipo de accidentes comenzaron a formar un patrón. Patricia estaba convencida de que no eran meras coincidencias y, aunque trataba de mantener la calma, noté que estaba cada vez más tensa.

Una tarde, después de que una mujer tropezara inexplicablemente cerca del trampolín, decidí acercarme a ella. Observaba la escena con una expresión de concentración tan intensa que, por un momento, no se dio cuenta de mi presencia.

—Cada vez es más extraño, ¿verdad? —comenté en voz baja.

Patricia asintió, sin apartar la vista de la piscina.

—Es como si alguien estuviera jugando con nosotros —dijo en un susurro, casi como si temiera que las paredes pudieran escucharla. Su tono era serio y pude ver en sus ojos la frustración de no poder hacer nada al respecto.

—Si estás en lo cierto y alguien está provocando estos accidentes, deberíamos hacer algo. ¿Qué te parece si te ayudo a vigilar?

Ella me miró sorprendida y, después de un segundo de duda, esbozó una sonrisa de agradecimiento.

—No puedo pedirte que hagas eso, pero... la verdad es que me sentiría mejor si no estuviera sola en esto. —Su sonrisa era débil, pero honesta. Sabía que no le gustaba cargarme con sus preocupaciones, pero también parecía aliviada de que alguien más estuviera dispuesto a ayudarla.

Decidimos que, durante los días siguientes, yo me haría pasar por un bañista más mientras ella mantenía su rol como socorrista y que juntos intentaríamos observar cualquier comportamiento inusual. Nos distribuimos zonas y horarios y acordamos que, al final de cada tarde, analizaríamos cualquier cosa que hubiéramos notado.

Durante los días que siguieron, esa rutina de vigilancia nos permitió pasar más tiempo juntos. A medida que nuestra investigación avanzaba, nuestra relación se volvía más cercana. Nos descubrimos compartiendo detalles personales, charlando sobre nuestras vidas y riendo en los pocos momentos en que las cosas parecían calmarse. El hecho de que compartiéramos esta especie de "misión secreta" parecía fortalecer nuestra conexión. Entre risas y charlas serias, Patricia se convertía en alguien a quien deseaba conocer más y más.

Uno de esos días, mientras nos reuníamos al final de la jornada, Patricia me comentó algo que había notado en sus rondas.

—He estado revisando el lugar de cada accidente y hay algo extraño en el piso cerca de las zonas donde ocurren. No siempre, pero a veces noto como si el suelo estuviera más resbaladizo en algunos puntos, aunque esté seco —me dijo en voz baja, asegurándose de que nadie más nos estuviera escuchando.

—¿Crees que alguien podría estar... no sé, arrojando alguna sustancia allí para provocar las caídas? —pregunté, intrigado.

—Podría ser, pero no entiendo el motivo, ni cómo lo hace sin ser descubierto —suspiró, frustrada. —A veces siento que estoy paranoica, pero luego sucede otro accidente y... no sé yo tampoco. Es como si alguien estuviera observándonos, esperando el momento adecuado. Y además... ¿qué saca con todo esto?

Me di cuenta de que estaba sufriendo de ansiedad por todo aquello, lo que me preocupaba más de lo que quería admitir. Sin darnos cuenta, nuestras manos estaban casi tocándose sobre la mesa. El ambiente era tenso, pero también había una extraña cercanía entre nosotros como resultado de todo aquello que, aun a riesgo de sonar egoísta, me hizo pensar en que no hay mal que por bien no venga.

AL DÍA SIGUIENTE, DECIDÍ llegar temprano para vigilar desde una de las zonas menos frecuentadas de la piscina. Quería observar el comportamiento de los visitantes antes de que Patricia llegara por si había algo que se me pudiera haber escapado.

Durante horas, observé a la gente moverse, nadar y charlar, tratando de encontrar algo fuera de lo común, si bien, a simple vista, todo parecía normal.

Cuando Patricia llegó, nos saludamos con un ligero asentimiento, sin decir mucho. Aquello nos unía, sí, pero al mismo tiempo consumía todas nuestras energías y, más de un día, incluso nuestro buen humor, en especial el de ella, que cada vez se sentía más incómoda por el hecho de que estuviera ocurriendo todo eso en su trabajo y durante sus turnos.

Un día, ella se dio cuenta de que la mayoría de los accidentes parecían ocurrir en una de las esquinas menos visibles de la piscina, justo donde las cámaras de seguridad no alcanzaban a cubrir del todo. Algo en ese detalle hizo que nuestras sospechas cobraran aún más fuerza.

—¿Te has fijado que siempre sucede a la misma hora? —dijo Patricia, en un susurro mientras revisaba dicha área—. Entre las cuatro y las cinco de la tarde, cuando hay más gente y todo es más caótico.

Ese patrón nos dio una idea: si alguien estaba provocando estos accidentes, lo haría aprovechando ese momento de mayor distracción, por lo que decidimos redoblar nuestros esfuerzos y, a partir de ese día, estuvimos especialmente atentos durante esa franja horaria.

Esa tarde, mientras ambos vigilábamos de cerca el área que habíamos definido como «crítica», noté un movimiento extraño. Un hombre, de unos cuarenta años, merodeaba por la zona en la que solían ocurrir los accidentes. Llevaba un bañador oscuro y parecía distraído, como si estuviera buscando algo en su mochila. Patricia también lo notó y me lanzó una mirada de complicidad.

—¿Lo habías visto antes? —le pregunté en voz baja.

—No estoy segura, pero, aun así, su actitud es extraña, ¿no crees? No parece venir aquí para nadar ni para desconectar de la rutina.

Ambos lo observamos en silencio, tratando de no llamar la atención. El hombre caminó alrededor de la piscina, siempre manteniéndose cerca del área en la que habían ocurrido los accidentes y luego, como si nada, se fue hacia la salida. Intercambiamos una mirada, conscientes de que habíamos presenciado algo que se salía de lo común.

Esa noche, nos quedamos después del cierre, charlando sobre nuestras sospechas y tratando de armar el rompecabezas. Patricia estaba cansada, pero decidida a encontrar una explicación a todo aquello. Su pasión y compromiso me contagiaron y empecé a sentir que no hacía todo aquello solo por ayudarla, sino porque yo mismo necesitaba encontrar una explicación racional.

—¿Crees que es una buena idea seguir adelante? —me preguntó, con el cansancio reflejado en su rostro— Quiero decir que, al fin y al cabo, estás pasando todas tus tardes aquí cuando podrías estar haciendo otras cosas y, en realidad, es algo que ni te va ni te viene.

Me apresuré a contrarrestar aquel argumento que no me gustaba nada.

—No tengo ninguna duda con respecto a seguir hasta el final, Patricia. Algo está pasando aquí y no quiero que sigas enfrentándote a ello tú sola.

Le sostuve la mirada y, por un momento, pensé en besarla. Nada me apetecía más, pero, al mismo tiempo, me entró el pánico de que ella me rechazara y de que, contrariada por ello, pusiera fin a toda la historia. No lo hice. No me atreví, por lo que ella simplemente asintió, como si esa respuesta fuera todo lo que necesitaba para seguir adelante.

A partir de ese día, nuestras rondas se volvieron más meticulosas. Comenzamos a tomar notas de cada detalle: el lugar exacto de cada accidente, las personas que se encontraban alrededor de cada escenario e incluso el clima y las condiciones del suelo.

Con cada observación, nuestras sospechas crecían. Había algo oscuro en juego, algo que no éramos capaces de desentrañar, pero, a pesar del misterio y la incertidumbre, había una parte de mí que disfrutaba cada momento que pasaba junto a Patricia, con cada sonrisa cómplice y con cada intercambio de miradas.

Sí, no tenía ni la menor idea de lo que ocurría en aquella piscina, pero sabía que nuestra investigación, aun siendo algo que nos tomábamos muy en serio, había supuesto para mí una ocasión de oro para estar cerca de aquella chica tan hermosa.

Una tarde, al finalizar nuestras rondas, Patricia se giró hacia mí con una sonrisa que me pareció enigmática.

—Gracias por estar aquí. —Su voz era suave e incluso melódica—. No sé si podría hacer esto yo sola.

—No tienes que agradecerme nada, Patricia. —Mis palabras emergieron con más sentimiento de lo que había planeado.

Nos quedamos mirándonos a los ojos durante un largo instante, pero una vez más, como ya me había sucedido tantas y tantas tardes, no me atreví a besarla.

El intruso nocturno

La piscina tenía una calma inquietante al anochecer, una quietud que, en vez de tranquilizarme, hacía que mis sentidos se aguzaran. Las luces de la calle apenas iluminaban el exterior y un resplandor azul provenía del agua, como si tuviera su propia luminosidad inquietante. Aquel brillo bajo el cielo oscuro hacía que el lugar se sintiera como el escenario de una película de misterio o de terror en la que sabes con seguridad que va a suceder algo.

Esa noche no tenía planes de volver al recinto, pero Patricia me había enviado un mensaje que cambió mi decisión. Me escribió que tenía una corazonada sobre los accidentes, algo que no podía dejar de lado. No dudé en acudir a su llamada. Habría acudido a ella en cualquier momento que me lo hubiera pedido, pero es que además me había dado cuenta de que era buena idea confiar en sus instintos.

Cuando llegué, Patricia me esperaba cerca de la entrada, sin su uniforme de socorrista y vestida con ropa de calle, aunque aún llevaba una chaqueta con el logotipo del centro deportivo. Al verme, me saludó con una media sonrisa e inquietud en su mirada.

—Gracias por venir —dijo y noté en su voz un tono distinto, casi vulnerable—. No quiero volver a casa sin echarle un vistazo a esto primero. Algo... no me deja tranquila.

Asentí. Había comenzado a entender que, para Patricia, trabajar como socorrista era más que un simple empleo; sentía una responsabilidad genuina hacia las personas que acudían allí cada tarde. La preocupación por la serie de accidentes le estaba afectando de una forma que iba más allá de lo profesional.

—¿Qué tienes en mente? —le pregunté intrigado.

—Quiero que demos una vuelta a ver si encontramos algo extraño. Siento que alguien ha estado jugando con nosotros. —Hizo una pausa, como si considerara la idea con una mezcla de incertidumbre y determinación—. Creo que alguien ha estado saboteando las instalaciones.

Su intuición despertó mi propia suspicacia. Mientras caminábamos en silencio, el eco de nuestros pasos resonaba de forma que me pareció incluso tétrica. La piscina, ahora desierta y oscura, parecía un escenario de sombras y secretos.

—¿Alguna vez has sentido que te observan? —murmuré, más para mí que para ella, mientras avanzábamos entre las tumbonas vacías.

—Últimamente... sí, la verdad —admitió en voz baja.

Noté cómo sus hombros se tensaban al decirlo. Rodeamos el borde de la piscina en completo silencio, inspeccionando las barandas, el borde del agua y los alrededores de la zona. Cada rincón vacío me hacía pensar que tal vez sólo estábamos dejando volar la imaginación, pero no podía ignorar los incidentes de los últimos días, que parecían alinearse con demasiada precisión: resbalones en áreas que, en teoría, siempre se mantenían secas, objetos fuera de lugar...

De repente, algo captó nuestra atención. A lo lejos, cerca de las duchas, una sombra fugaz se movió y ambos nos quedamos paralizados. Me volví hacia Patricia y vi que también ella había detectado el movimiento. Le hice un gesto para que nos acercáramos con cuidado y avanzamos en silencio, intentando no hacer ningún ruido.

A medida que nos aproximábamos, noté que la sombra se movía entre las columnas de los vestuarios, como si alguien intentara mantenerse fuera de nuestra vista. Alcancé a ver una silueta alta y delgada, aunque por la penumbra era imposible distinguir su rostro o sus rasgos. La figura se detuvo y en ese instante sentí que nos observaba, aunque en realidad no podía ver sus ojos.

Patricia me miró con el ceño fruncido y le hice un leve gesto para que se detuviera.

—¿Hola? —llamó al desconocido para descubrir cuánto antes qué era lo que estaba pasando.

No obtuvimos respuesta. La sombra se deslizó en silencio y desapareció en dirección a las escaleras de emergencia que llevaban a un pasillo trasero. Patricia y yo nos quedamos en el sitio, inmóviles, mientras nuestros ojos intentaban adaptarse a la oscuridad. Algo en aquel encuentro me dejó una sensación de enorme intranquilidad e incluso miedo, como si nos hubiéramos cruzado con un fantasma.

—¿Lo viste también, verdad? —me susurró, acercándose a mí con la respiración muy agitada.

—Sí, pero no pude ver quién era —respondí en el mismo tono bajo—. Parece que quien sea... está al tanto de que hemos estado investigando.

Ambos miramos alrededor y por primera vez en días sentí que algo se materializaba en el aire, algo más real y oscuro que nuestras meras sospechas.

No estábamos locos ni éramos unos paranoicos. La presencia de esa figura indicaba que los accidentes no eran obra de la casualidad; alguien estaba detrás de todo y muy seguramente habría sido testigo de nuestras idas y venidas, de nuestras conversaciones a media voz y, en definitiva, de todas nuestras sospechas.

—No es seguro estar aquí —murmuró Patricia, mirándome con una mezcla de preocupación y determinación—. Creo que, para alguien, hemos visto algo que quizá no deberíamos haber visto y no creo que eso le haga ninguna gracia.

Asentí, pero algo dentro de mí quería seguir adelante y descubrir la verdad. Estaba claro que había algo siniestro en aquella serie de accidentes y que quien los orquestaba no deseaba ser descubierto.

—Volvamos y veamos si encontramos alguna otra pista en el camino —sugerí, habiendo en parte recuperado la valentía y sabiendo que no podíamos permitir que un desconocido que además había salido huyendo nos asustara de aquella manera.

Patricia, a pesar de su preocupación, parecía compartir ese sentimiento, por lo que, firmemente decididos, salimos de las sombras y nos dejamos ver. Recorrimos todas las instalaciones, pero no encontramos ni rastro del misterioso visitante nocturno.

—Está claro que quien sea que esté detrás de esto conoce bien las instalaciones y sabe cómo eludir la vigilancia —expresó Patricia con enfado por el hecho de que aquel intruso se nos hubiera escapado por nuestra inicial vacilación a la hora de actuar.

Nos quedamos en silencio, compartiendo aquel momento de frustración.

—¿Te has fijado en alguien que pase aquí más tiempo de lo habitual? —le pregunté, intentando hacer un repaso mental de los rostros que solíamos ver en el recinto.

—Uf, pues es que hay gente que viene todos los días. Tú mismo lo haces —me respondió, haciéndome ver lo ilógica que había resultado mi pregunta—. De todas formas, no sé, ahora que lo dices, hay un par de personas que suelen venir con bastante frecuencia, pero de los que no tengo recuerdo de que se metan en el agua.

»Uno de ellos siempre me ha dado bastante mala espina. Un hombre alto, de mediana edad, que siempre va con gorra y gafas de sol, incluso aunque esté nublado. Igual estoy forzando las cosas, pero ese tío siempre me ha llamado la atención. No sé, igual no tiene nada que ver y me acuerdo ahora de él por las ganas que tengo de encontrar al culpable de todo esto.

Asentí, memorizando su descripción, pese a lo vaga que era y que, en realidad, podía corresponder a cualquiera. En todo caso, el detalle de que no se quitara nunca la gorra ni las gafas me pareció bastante significativo, por lo que me prometí ser más observador el resto de los días.

Si estábamos en lo correcto y alguien intentaba jugar con nosotros, no podíamos permitirnos bajar la guardia, puesto que además, después de nuestro encuentro nocturno, estaba más que claro que quien fuera ya sabía que habíamos descubierto su juego.

Terminamos nuestra inspección y, antes de marcharnos, ambos nos detuvimos un último instante, contemplando la piscina. La superficie estaba tan tranquila, pero sabía que debajo de aquella aparente calma había un juego que se escapaba por completo a nuestro entendimiento.

—Vamos, será mejor que no pasemos más tiempo aquí —sugirió Patricia—. Esta noche ya no da más de sí.

Erica

La noche siguiente al descubrimiento en la piscina las cosas entre Patricia y yo parecían haber cambiado. Nos encontramos en nuestra zona habitual, pero esta vez la conversación fue más pausada, casi como si ambos necesitáramos un respiro después de tantos días de tensión.

Estábamos sentados en un banco de madera al borde de la piscina y en ningún momento del día habíamos visto el menor rastro del misterioso hombre de la gorra y las gafas, si es que acaso él tenía algo que ver con todo aquello.

La mayoría de las luces estaban apagadas, dejando que la tenue luz de algunos faroles reflejara en el agua y creara un ambiente casi mágico. Patricia estaba más callada de lo usual, mirando la superficie tranquila de la piscina como si buscara respuestas en el vaivén de las ondas que rompían la calma. Decidí romper el silencio con una pregunta suave, sin esperar mucho de su respuesta.

—¿Estás bien? —le pregunté, tratando de que mi voz sonara casual, aunque la preocupación era evidente.

Patricia suspiró, como si de repente todo el peso de los últimos días cayera sobre ella.

—Hay algo que nunca le he contado a nadie aquí —comenzó, con la mirada fija en el agua—. Esta piscina, este trabajo, significan más para mí de lo que la gente se imagina. No estoy aquí solo porque necesitara un empleo de verano.

La miré en silencio, esperando a que continuara. Sentí que ese era un momento importante, algo que ella necesitaba liberar de su interior. No sería tan estúpido como para interrumpirla.

—Hace unos años... perdí a alguien muy cercano —confesó con la voz entrecortada—. A Erica, mi hermana gemela. Siempre fue más lanzada que yo, un espíritu libre y... —hizo una pausa, buscando las palabras adecuadas— amaba el agua. Solíamos nadar juntas desde que éramos niñas, pero un día, mientras estábamos de vacaciones en una playa, no sé qué pasó. Se alejó demasiado, le debió de dar un calambre o algo y, cuando me di cuenta, ya era demasiado tarde. No llegué a tiempo y no pude salvarla. Nadé con todas mis fuerzas, pero fue imposible. Se ahogó delante de mí.

Rompió a llorar desconsolada. En ningún momento había imaginado que pudiera contarme algo así. Me quedé de piedra, absolutamente paralizado y sin saber qué hacer ni cómo reaccionar.

—Nunca me perdoné por eso —admitió, susurrando casi para sí misma. —A veces, cuando estoy aquí, siento que... que estoy haciendo algo por ella, que cada persona a la que cuido, cada vez que evito un accidente, es una forma de compensar lo que no pude hacer por mi hermana.

Había una honestidad cruda en sus palabras que me conmovió. Era como si, al abrirse, me estuviera dejando ver una parte de su alma, una parte que hasta ese momento había estado escondida detrás de su fortaleza.

—Patricia... —susurré, intentando encontrar las palabras. —Lo que haces aquí es admirable. Sé que no necesitas escuchar esto de mí, pero tu hermana estaría muy orgullosa de ti si pudiera verte.

Ella levantó la mirada hacia mí. Sabía que mis palabras no aliviarían el enorme dolor que sentía, pero esperaba que tal vez le ofrecieran un poco de consuelo. Nos quedamos en silencio, ambos inmersos en nuestros propios pensamientos.

—Gracias —agradeció finalmente, enjugándose las lágrimas—. Sé que a veces soy un poco distante, pero estos días contigo, compartiendo todo esto, han sido muy diferentes. Es como si, por primera vez en mucho tiempo, alguien entendiera de verdad lo que significa este trabajo para mí.

Sin pensarlo, acerqué mi mano a la suya, tomándola suavemente. Patricia no se apartó, y en lugar de eso, entrelazó sus dedos con los míos. Sentí cómo su mano temblaba ligeramente, pero su expresión era de calma. Era un momento íntimo, pero también vulnerable, en el que sentíamos que no había necesidad de esconder nada.

La tensión entre nosotros era palpable. Los días de trabajo en equipo, de miradas compartidas, de tantos momentos juntos y ahora esta confesión de su pasado habían creado un vínculo que ambos reconocíamos sin necesidad de decirlo en voz alta.

Me acerqué un poco más, sin apartar la mirada de sus ojos, tratando de medir su reacción. Patricia no se movió; en lugar de eso, su respiración se volvió más pausada, como si estuviera esperando.

—No estás sola en esto —le dije con seguridad. Mis palabras parecían quedarse flotando en el aire, como una promesa tácita de que, pasara lo que pasara, yo permanecería a su lado.

Ella sonrió, pero esta vez fue una sonrisa cálida, cargada de una emoción que hasta entonces solo había sentido de manera fugaz. Sin darnos cuenta, el espacio entre nosotros desapareció y, en un impulso mutuo, nuestros labios se encontraron en un beso suave, casi tímido al principio.

El tiempo pareció detenerse. No había nadie más, solo nosotros, compartiendo un instante que ambos sabíamos que significaba más de lo que podríamos expresar. Su mano aún estaba entrelazada con la mía y pude sentir cómo el contacto físico también aliviaba algo dentro de mí, como si nos hubiéramos estado acercando a ese momento sin darnos cuenta.

Nos separamos lentamente, sin dejar de mirarnos. Patricia parecía más serena, como si ese momento le hubiera dado una nueva perspectiva.

—Gracias por... quedarte conmigo en esto —susurró y sentí que sus palabras eran más profundas de lo que parecían.

Asentí, sin necesidad de decir nada más. No necesitábamos palabras para entender lo que estaba pasando.

Esa noche, antes de despedirnos, hicimos una promesa. Seguiríamos investigando, encontraríamos al responsable y no permitiríamos que nadie más corriera peligro en esa piscina. Lo haríamos por nosotros, pero, sobre todo, por Erica.

Identificado

Con este firme propósito, nuestra primera decisión al día siguiente fue no apartar la mirada de aquellas personas que visitaban la piscina con frecuencia. Sabíamos que eran muchas y que poco más o menos era una misión imposible para tan solo dos personas, pero no encontrábamos otra forma de hacerlo y tampoco queríamos implicar en esto a más gente. Diciéndolo de otra manera, no nos fiábamos de nadie.

Entre los visitantes regulares, uno en particular llamó nuestra atención ya que, aunque no habíamos podido verlo con claridad, más o menos respondía a la fisonomía del visitante nocturno.

Cada día, llegaba alrededor de las cuatro de la tarde, se sentaba en la misma esquina, no se quitaba la gorra ni las gafas de sol y no se metía en el agua, sino que parecía estar más interesado en observar a la gente que en disfrutar de la piscina.

Cuando nos dimos cuenta de su presencia, Patricia y yo nos enviamos un mensaje. Habíamos acordado no hablar entre nosotros para que no nos viera juntos y pensara que lo teníamos fichado. Era fundamental que, si era él, en ningún momento nos pillara mirándolo.

—Hay que seguirlo de cerca —le escribí—. Si notamos algo extraño en su comportamiento, tal vez encontremos alguna pista.

Patricia asintió al leer mi mensaje en su reloj digital.

—Creo que guarda algo en su mochila. Siempre la lleva consigo, incluso cuando se mueve de un lado a otro de la piscina —fue mi segundo mensaje.

Con ese detalle en mente, decidimos alternar nuestros turnos de vigilancia. Yo observaba desde las áreas comunes, mientras Patricia hacía sus rondas de socorrista. Habíamos planificado con cuidado nuestros movimientos para poder cubrir todos los ángulos de la piscina. Nuestros esfuerzos no tardaron en dar frutos.

En un momento, el hombre echó mano a su mochila y sacó una pequeña botella que guardó unos pocos segundos después cuando me pilló observándolo.

Me maldije por el hecho de que me hubiera sorprendido mirándolo, puesto que, como he dicho, Patricia y yo habíamos insistido en que era fundamental que no sospechara nada.

Eché mano a mi móvil y fingí consultar el correo, confiando en que él pensara que nuestras miradas simplemente se habían encontrado por pura casualidad. No debió de ser así, puesto que, tras pegarse diez minutos inmóvil y mirando al vacío, recogió sus cosas y, poniéndose en pie, se marchó de la piscina con cara de pocos amigos.

Una sensación agridulce se apoderó de mí. Por un lado, no me perdonaba que me hubiera sorprendido observándolo; por el otro, tuve la seguridad de que, gracias a ello, había conseguido desbaratar los planes con los que aquel tipejo había acudido aquella tarde a la piscina.

Esperé hasta que Patricia estuvo libre para contarle lo que había encontrado. Nos reunimos en un rincón apartado y, tratando de mantener la calma, le relaté lo sucedido.

—Seguro que lo que tenga en esa botella es lo que está causando los accidentes. Debe de ser algún producto que este cabrón está derramando por varios sitios para que la gente se resbale —supuso Patricia, intentando contener la rabia que le había provocado conocer lo que le había contado.

—¿Cera? —propuse.

—Debe de ser algo parecido y de secado rápido, puesto que cuando alguien se ha caído y nos hemos acercado a atenderlo, nunca hemos encontrado restos de ningún líquido. Sí, imagino que sea algo parecido a la cera. Algún derivado quizá. No sé, pero menudo hijo de puta.

—¡Pero ya lo tenemos, Patricia! Ya sabemos quién es y qué es lo que hace.

—Sin pruebas, no tenemos nada —me contradijo, haciéndome ver que tenía razón—. Tengo muy claro que es él, pero lo único que has visto ha sido a un hombre sacando una botella de su mochila y volviéndola a meter. Tenemos que pillarlo *in fraganti* porque, si no, no tenemos nada.

Nos quedamos callados.

—Pero lo vamos a pillar —sentenció Patricia más convencida que nunca.

Totalmente decididos a llegar hasta el final, gracias a una conversación que tuvo Patricia con la chica de la entrada y al hecho de que esta se las ingeniara para pedirle un documento identificativo con el que acreditara que era socio de la piscina al habérsele estropeado el ordenador, lo que era mentira, descubrimos que se llamaba Eduardo García, un nombre que a ninguno de los dos nos decía nada.

Patricia, a su vez, decidió investigar si se habían producido incidentes similares en otras piscinas. Sabíamos que no se trataba de nada tan grave como para dejar evidencias en los medios de comunicación —al fin y al cabo, se trataba de caídas y no de muertes como la del cadáver flotante que abre *El crepúsculo de los dioses*—, pero decidimos explorar todas las posibilidades. Ni un solo resultado.

—Parece que este asqueroso solo actúa aquí. ¡Ya es casualidad! —se lamentó Patricia—. Debe de tener algo en contra de la dirección, alguna cuenta pendiente, algún trauma o yo qué sé, pero me da lo mismo. Esto se ha convertido ya en algo personal entre él y nosotros.

No comenté nada, pero me encantó que dijera «nosotros».

La amenaza

La mañana siguiente comenzaba como cualquier otra. Patricia y yo estábamos preparándonos para lo que creíamos que sería otro día de observación y análisis. Nuestra investigación había avanzado de manera significativa y ambos sentíamos que el descubrimiento de la identidad del tal Eduardo García nos había acercado a la verdad. Sabíamos o creíamos saber quién era, si bien los motivos por los que actuaba de esa manera seguían escapándosenos por completo.

Ese día, al llegar a la piscina, noté algo extraño sobre el banco en el que solíamos sentarnos a charlar durante sus descansos. Había un sobre blanco sin dirección ni remitente, pero con el nombre de Patricia escrito con una pulcra caligrafía. Lo tomé con precaución, sintiendo un escalofrío al imaginar quién podría haberlo dejado allí y por qué.

Patricia, quien se acercaba en ese momento, levantó una ceja al ver el sobre en mis manos.

—Me temo que esto es para ti —le avisé con una mezcla de curiosidad y temor.

Con la preocupación reflejada en su rostro, tomó el sobre y sacó con cuidado el papel que había en su interior. Al desplegarlo, leyó las pocas líneas que se encontraban escritas en tinta negra:

Deja de meterte en lo que no te importa. Si fuerais listos, tu novio y tú os marcharíais de aquí y no volveríais más. Si os quedáis y seguís investigando, ateneos a las consecuencias. Este será el único aviso que recibiréis.

Nos miramos en silencio. Nunca habíamos pensado que alguien realmente nos estuviera observando tan de cerca. Aquel mensaje, sin duda, era una advertencia directa de que quien lo había escrito, fuera o no el tal Eduardo García, sabía más de nosotros de lo que imaginábamos.

—Esto... esto no es una broma —murmuró Patricia, con el ceño fruncido y la mirada fija en la nota—. El que la ha escrito sabe que lo hemos pillado y ahora pretende meternos miedo, pero... ¿qué pretende conseguir provocando accidentes en una piscina? A no ser que esté loco, no sé qué busca conseguir con todo esto.

—Y sabe más de nosotros de lo que pensábamos —añadí, con la voz entrecortada.

Era la primera vez que el peligro se sentía tan real. Lo que hasta ahora había sido una investigación entre nosotros dos, una especie de juego peligroso, se había convertido en algo que por primera vez sentía que podía ponernos en un riesgo tangible.

Nos tomamos un momento para procesarlo todo y, después de un intercambio de miradas cargadas de incertidumbre, nos dirigimos a una esquina más apartada de la piscina en la que nadie pudiera escucharnos.

—Patricia, no imagino lo que puede ser, pero estoy empezando a creer que, en realidad, el que está detrás de todo esto no tiene nada en contra de la piscina, sino de nosotros.

—Y está convencido de que eres mi novio —me interrumpió ella—. Ha debido de llegar a esa conclusión al vernos juntos todos los días, en cuyo caso sí que es posible que nosotros, que nos creíamos los espías, seamos en realidad los espiados.

Respiré profundamente.

—¿Qué vamos a hacer? Podemos dejar todo esto ahora, ignorar los accidentes y... ¿qué? ¿Seguir como si nada?

Ella negó rotundamente con la cabeza.

—No podemos abandonar ahora. Si todo esto es parte de algo mayor, alguien tiene que detenerlo. Alguien tiene que exponer a ese delincuente, a su banda o a quien quiera que esté detrás. No podemos dejar que una nota anónima nos intimide —respondió con voz firme, pero con un temblor apenas perceptible que, aunque intentó ocultar, yo sí pude notar.

Sabía que Patricia no estaba exenta de miedo, pero su valentía era más fuerte.

Sin embargo, ambos entendíamos que teníamos que movernos con mayor cautela. No podíamos permitirnos un error, especialmente ahora que habíamos revelado nuestras sospechas. La amenaza que habíamos recibido era clara y cualquier paso en falso podría suponer consecuencias graves.

Es por ello por lo que decidimos que, en adelante, solo hablaríamos de la investigación en lugares seguros y evitaríamos cualquier comportamiento que delatara nuestras intenciones.

Con el paso de las horas, intentamos mantener una rutina aparentemente normal, aunque la tensión era palpable en el aire. Cada vez que un visitante se acercaba demasiado a alguna de las zonas en las que se habían producido los anteriores accidentes o alguien parecía observarnos, sentíamos que la amenaza podía estar en cualquier lugar, en cualquier rostro anónimo que rondara la piscina.

Para distraernos un poco y despejar la tensión, Patricia y yo tomamos un descanso en un parque cercano, en un rincón tranquilo y lejos de la vigilancia de cualquiera mirada indiscreta.

Nos sentamos bajo la sombra de un árbol, disfrutando de la quietud momentánea que nos brindaba el lugar. Patricia estaba más callada que de costumbre y yo podía sentir que el peso de la amenaza le estaba afectando más de lo que quería admitir.

—Sé que es arriesgado... —comencé, mirándola directamente a los ojos—, pero sabes que no voy a dejarte sola en esto. Reconozco que antes me ha entrado el miedo y por eso te he sugerido que lo dejáramos viendo a ver qué me respondías, pero ahora me siento orgulloso de lo que has decidido y quiero que tengas claro que, pase lo que pase, estoy aquí contigo.

Ella me miró con una sonrisa que, aunque sutil, reflejaba su agradecimiento. Como primera reacción a mis palabras, amparándose en la seguridad que nos daba la tranquilidad del parque, dejó caer su cuerpo sobre el mío. La abracé y le acaricié el rostro.

—Valoro mucho que estés aquí pese a las circunstancias, de verdad —dijo—. Es lo más bonito que han hecho nunca por mí, te lo aseguro. Sé que esto no es lo que imaginabas cuando hablaste conmigo por primera vez y también sé que he sido muy egoísta al involucrarte en algo que parece mucho más peligroso de lo que creía.

—Nada de esto es tu culpa. Decidí quedarme porque quería hacerlo y porque lo sigo queriendo. Tal vez al principio todo esto era solo un misterio emocionante y ahora se ha convertido en algo cuyas dimensiones no conocemos, pero, insisto, vamos a estar juntos hasta el final.

Patricia me besó y por un momento el miedo y la tensión parecieron desvanecerse. Sentí que, en medio del caos y la incertidumbre, todo aquello acabaría bien y nos permitiría encontrar algo de paz. Era un sentimiento extraño, pero reconfortante. Por unos minutos, el mundo desapareció y el ruido de la piscina, las amenazas y el peligro parecieron algo que nada tenía que ver con nosotros.

Terminado su descanso, regresamos a la piscina con energías renovadas. Ambos sabíamos que cada paso que diéramos en lo sucesivo debía ser cuidadosamente calculado.

También acordamos que, de ser necesario, buscaríamos ayuda externa, aunque no estábamos seguros de quién podría ser lo suficientemente confiable como para exponerle lo que habíamos descubierto.

ESA MISMA TARDE, PATRICIA me mostró otro inquietante descubrimiento. En uno de los registros de seguridad de la piscina, notó algo extraño y que consistía en que varias cámaras de seguridad habían dejado de mostrar puntos muertos que antes sí visualizaban y que casualmente coincidían con aquellos lugares en los que habían ocurrido recientes accidentes.

Diciéndolo de otra manera, era como si alguien hubiera manipulado los ángulos para garantizar que esos espacios no quedaran grabados.

—Esto es... demasiado preciso para ser casualidad —comentó revisando las grabaciones conmigo después de que le hubiera pedido el favor al encargado de seguridad y de que le prometiera que, cuando pudiera, le contaría el motivo de su petición—. Quien sea que esté detrás de esto, ha estudiado todo al detalle. No es solo un espectador, sino que tiene acceso directo a las instalaciones e imagino que esto es lo que estaba haciendo la noche que lo sorprendimos, es decir, manipular las cámaras.

—Pero, si han hecho eso, posiblemente pueden tener algún cómplice entre los miembros del personal —apunté.

—Sí, sé lo que estás pensando —reconoció, mordiéndose el labio inferior—. Y yo acabo de pedirle al de seguridad que nos deje ver las grabaciones sin habérseme ocurrido que a lo mejor está implicado en todo esto. Ha sido un error, lo reconozco.

Le acaricié una mejilla para quitarle importancia a algo en lo que debo confesar que yo tampoco había caído.

Cuando salimos de aquella sala, quizá envalentonados por el hecho de estar juntos, nos prometimos a nosotros mismos que ya podíamos enfrentarnos a un ejército de conspiradores, que no conseguirían intimidarnos. Resolveríamos el misterio y, si eso significaba arriesgar aún más, entonces lo haríamos.

El peligro parecía ser real, pero lo que había surgido entre nosotros era más fuerte que cualquier amenaza.

La identidad de la sombra

No hubo que esperar mucho. No hizo falta esperar al día siguiente o a los sucesivos para continuar nuestra vigilancia ni para obtener la respuesta a los interrogantes que llevaban ya varias semanas atormentándonos.

Todo el misterio se resolvió de repente cuando aquella misma noche, a la salida del recinto, nos encontramos cara a cara con la sombra que había salido corriendo la noche anterior y que, a su vez, se había manifestado poco después como el hombre de la mochila y de la enigmática botella.

Efectivamente, era Eduardo García, el hombre al que habíamos estado vigilando el que ahora se había plantado delante de nosotros. Su expresión ya no era la de alguien que acudiera a la piscina a relajarse, sino que el furor y yo diría que incluso la demencia se reflejaba en sus ojos.

Sin decir una palabra, sacó de su mochila un cuchillo de grandes dimensiones y se interpuso entre nosotros.

—Sabía que no ibais a dejarlo estar —dijo, con los labios curvados en una sonrisa siniestra. —No podía imaginar que fueras tú, Patricia. Después de todos estos años, encontrarte aquí ha sido... una coincidencia demasiado conveniente.

Patricia, paralizada al principio, pronto se recompuso. Noté cómo su expresión cambiaba de sorpresa a una mezcla de ira y algo más profundo, un atisbo de tristeza y decepción.

—Javier... o Eduardo, o como quiera que te llames ahora —intervino ella, con una voz helada —. No puedo creer que seas tú. Pensé que habías dejado esta vida atrás. Pensé que habías cambiado.

En ese instante, lo comprendí. Patricia conocía a este hombre de antes, de algún capítulo de su vida que hasta ahora no había compartido conmigo. En sus ojos vi el rastro de una herida antigua, un recuerdo doloroso que se reabría ante la presencia de este hombre.

—¿Cambiar? —repitió él, burlón. —Lo intenté, pero no es nada fácil cuando te abandonan, como tú hiciste conmigo. Intenté simplemente que te echaran del trabajo cuando vieran que no eres tan perfecta como te crees, pero cuando empezaste a salir con el gilipollas este no hiciste más que complicarlo todo mucho más. Todo esto no es más que culpa tuya, Patricia.

Mis músculos se tensaron. Sin perder el control, me puse entre Patricia y él, aun a sabiendas de que aquel hombre estaba trastornado y podía clavarme aquel cuchillo en cualquier momento. Ante todo, no podíamos mostrar miedo. Teníamos que mantener la calma, costara lo que costara.

Patricia me apartó hacia un lado, quizá sintiendo que debía ser ella la que resolviera todo aquello.

—¿Qué quieres, Javier? —preguntó sin despegar la vista de él—. Lo nuestro acabó hace mucho tiempo. No puedes hacerle esto a personas inocentes solo por nuestros problemas del pasado. Esto no tiene ningún sentido.

—¿Que no tiene sentido? —exclamó, con una sonrisa amarga—. No me subestimes. No vine aquí solo por ti, Patricia. Este lugar es el símbolo de todo lo que me han quitado. Soy yo el que tendría que haber estado aquí contigo todas las tardes y no este imbécil.

Aunque todos aquellos insultos hacia mí y el peligro en el que veía inmersa a Patricia me estaban sacando de quicio, decidí conservar la cabeza fría y no hacer nada que pudiera desembocar en una tragedia.

Patricia se tensó y supe que, al igual que yo, lo último que quería era ver a alguien salir herido. Intentando ganar algo de tiempo, di un paso adelante.

—Mira, Javier, sé que estás dolido y quizá tienes razones, pero este no es el camino. ¿No crees que es mejor que, lo que sea, lo solucionemos hablando? —me atreví a decirle, tratando de hacerle ver la locura de sus acciones.

Él me miró con una expresión de auténtico desprecio.

—¿Hablar? A ver si puedes hablar cuando te corte el cuello.

En un movimiento rápido intentó acercarse más, pero Patricia reaccionó, colocándose entre él y yo. Sus ojos estaban fijos en Javier.

—No dejaré que hagas daño a nadie más —le advirtió—. Si todo esto es por mí, entonces termina esto ya, por favor. No hace falta que involucres a más personas.

—Demasiado tarde para eso, Patricia. —Él sonrió con amargura—. Insisto en que solo quería que te despidieran y que pasaras por lo que yo pasé, pero ahora ya he llegado demasiado lejos y sabes que no puedo fingir sin más que no ha pasado nada.

Aprovechando lo que pareció ser un momento de debilidad en él cuando los ojos se le llenaron de lágrimas que luchó por no derramar, noté que, si me agachaba con rapidez, podría tirarle una piedra de considerables dimensiones que estaba a mi alcance y que solo esperaba que no pesara más de lo que calculaba por si mi maniobra se acaba convirtiendo en un movimiento en falso.

La señalé discretamente con la mirada y Patricia, que lo notó, asintió de una manera apenas perceptible mientras continuaba distrayéndolo e intentando disuadirlo.

—¿Piensas que puedes intimidarnos con amenazas? —continuó ella, dándole a Javier la impresión de que no planeaba moverse. Con una agilidad sorprendente, agarré la piedra y en el mismo instante en el que Javier avanzaba hacia Patricia, se le arrojé con todas mis fuerzas a la cabeza, donde impactó de lleno.

El agresor aulló, en parte por el dolor y en parte por la sorpresa, cubriéndose el rostro en un acto reflejo que le hizo soltar el cuchillo. Esta circunstancia fue aprovechada por Patricia, quien le dio una patada al arma para alejarla de él.

—¡No os vais a librar tan fácilmente de mí! —vociferó, lanzándose hacia nosotros ya con las manos desnudas.

Patricia, rápida y precisa, tomó impulso y golpeó su pecho, haciendo que perdiera el equilibrio y que cayera al suelo, golpeándose y quedando momentáneamente aturdido. Sin darle tiempo para reaccionar, Patricia y yo lo sujetamos con firmeza, inmovilizándolo.

Mientras se revolvía en el suelo, tratando de liberarse, Javier gritaba palabras de odio y amenazas, pero nosotros no cedimos. A los pocos minutos, el responsable de seguridad del centro, el mismo que nos había dejado ver los vídeos y que no se había marchado todavía del recinto, acudió, redujo al agresor con su mayor experiencia y se hizo con el control de la situación, llevándoselo bajo custodia.

Con Javier finalmente controlado, sentí cómo la tensión en mi cuerpo se disipaba, dejándome exhausto. Patricia se desplomó junto a mí, visiblemente afectada por todo lo que acababa de suceder. Nos quedamos en silencio por un momento, procesando lo que habíamos enfrentado juntos.

Finalmente, Patricia rompió el silencio.

—No puedo creer que fuera él... Ha estado viniendo todo este tiempo y te juro que no lo había reconocido —me contó, temblando y con la voz quebrada—. Salí con él hace más de diez años, pero lo abandoné porque me maltrataba. No está bien. De verdad que no me puedo creer que encontrara y que fuera él el que estuviera detrás de todo.

La abracé con fuerza.

—Lo importante es que se acabó —la tranquilicé—. Estás a salvo y, a partir de mañana, lo estarán todos aquí también. Lo has detenido, Patricia.

Ella asintió y, por primera vez después de que me contara lo de la pérdida de su hermana Erica, permitió que las lágrimas resbalaran por sus mejillas. No era nada fácil enfrentarse a los fantasmas del pasado, pero lo había hecho con una valentía que me impresionaba.

La calma después de la tempestad

La calma tardó en llegar aquella noche, puesto que la policía hizo acto de presencia para detener a Javier y tanto como Patricia como yo tuvimos que acompañarlos a comisaría para contarles todo.

Mientras esperábamos en una sala a que nos llamaran para tomar declaración y gracias a que nos dejaron solos, acordamos que nos limitaríamos a explicar que vimos a Javier comportándose de forma agresiva y que, después de una breve confrontación, él había intentado agredirnos con un cuchillo que conseguimos arrebatarle.

Todo lo referente a su relación pasada con Patricia lo omitiríamos, así como todas las investigaciones que habíamos hecho por nuestra cuenta en la piscina.

Mientras esperábamos, Patricia se mantenía en silencio con la mirada perdida en el suelo. Sus hombros estaban tensos y su expresión era una curiosa mezcla de alivio y tristeza. Al cabo de un rato, no pude soportar aquel silencio y me acerqué un poco más a ella, intentando hacerla sentir acompañada.

—¿Estás bien? —le susurré, tocando suavemente su brazo.

Ella asintió, pero vi cómo sus ojos seguían esquivando los míos.

—Sí... es sólo que todo esto... no pensé que tendría que revivirlo —me respondió con la voz apagada.

Antes de que pudiera explicarse más, uno de los policías entró en la sala y nos pidió nuestras declaraciones oficiales. Nos separaron brevemente y, tras una media hora, regresé a encontrarme con Patricia, quien parecía aún más agotada. Se sentó en una banca de la entrada, abrazándose las rodillas como si intentara protegerse de algo invisible.

Decidí acompañarla en silencio, dándole espacio para que pudiera procesar lo ocurrido. Cuando acabó todo y finalmente estuvimos solos en la calle, Patricia se volvió, esta vez mirándome con fijeza y buscando consuelo en mí.

—Gracias —dijo finalmente, con una voz que casi era un susurro—. No sólo por salvarme hoy, sino... por quedarte a mi lado en todo esto. No sabes cuánto significa para mí.

Asentí, sin necesidad de decir nada. Entendía que esta situación la había marcado de una manera profunda, reviviendo miedos y sentimientos que llevaba enterrados.

—Patricia, no tienes nada que agradecerme. Sabes que estoy aquí y que no quiero ir a ningún lado al que tú no vayas —le respondí, dejando que mis palabras hablaran por sí solas.

Nos miramos en silencio durante un momento.

—Esto no es fácil para mí —confesó, respirando hondo antes de hablar—. No solo enfrentarme a él, sino abrirme de esta forma. Me había prometido no volver a confiar tan fácilmente, no dejar entrar a nadie de nuevo. Y luego apareces tú, con tus preguntas y con tu... no sé, manera de entenderme.

Se quedó callada y comprendí que debía ser yo el que tomara el relevo. Al fin y al cabo, nos habíamos cogido de la mano en varias ocasiones, nos habíamos abrazado, nos habíamos besado, pero nunca le había dicho, por lo menos con palabras, lo que sentía por ella.

—Patricia, desde la primera vez que te vi... no sé explicarlo. Hay algo en ti que me atrae, algo que me hace querer cuidarte, estar cerca de ti. Quizás todo esto fue más de lo que esperaba, pero no cambiaría nada. Por extraño que suene, me alegra que este verano me haya traído hasta aquí.

Nos miramos a los ojos y, por primera vez, vi algo diferente en su expresión. Sus labios temblaron en una leve sonrisa y sentí que, al menos por un momento, podía olvidar todo lo que habíamos pasado.

—No puedo negar que también he sentido algo —admitió, sus mejillas sonrojándose—. Creo que me asustaba abrirme otra vez, confiar de nuevo, pero me doy cuenta de que contigo todo es diferente. Siento que puedo mostrarme tal y como soy. Supongo que, en el fondo, no todo lo que ocurrió aquí fue tan malo... —dijo ella finalmente, con una leve risa nerviosa—. Encontré algo que no esperaba.

—¿Y qué encontraste? —le pregunté, sonriendo.

Ella me miró de nuevo a los ojos.

—A alguien que vale la pena... y que ha hecho que me apetezca arriesgarme de nuevo.

Nos besamos. Las relaciones nunca se me habían dado muy bien, pero ella me lo había puesto siempre muy fácil. De hecho, ella había sido la que, viéndome nadar desde el borde de la piscina, había empezado a conversar conmigo. Suyas fueron nuestras primeras palabras.

—¿Te gustaría dar un paseo? —me preguntó de repente, como si fuese la cosa más normal del mundo después de salir de madrugada de una comisaría.

—Claro, me encantaría —respondí.

¿Estar con ella? ¿Cómo podía negarme? Realmente, no quería hacer otra cosa que no fuera esa.

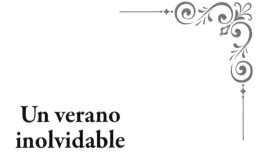

Un verano inolvidable

Aquella tarde de comienzos de septiembre, la piscina estaba tranquila, más silenciosa de lo habitual, como sucede en los últimos días de cada temporada estival, cuando la mayoría de las personas que acuden a ella ya han terminado sus vacaciones y reincorporado a sus trabajos.

Me senté en una de las tumbonas vacías, observando cómo el sol comenzaba a caer sobre el agua y en ese momento la nostalgia se apoderó de mí. Casi podía vernos de nuevo, Patricia y yo, como si todo estuviera sucediendo una vez más: las miradas curiosas, las conversaciones a media voz, el temor compartido y el descubrimiento de algo inesperado.

Como he dicho, no había muchos visitantes esa tarde y las pocas personas que quedaban iban despidiéndose mientras el personal comenzaba a recoger los últimos objetos.

Fue entonces cuando vi a Patricia, saliendo de los vestidores. Llevaba puesta su camiseta de socorrista, pero su postura era relajada como si, por primera vez en semanas, toda la tensión que había soportado se hubiera disuelto definitivamente en el agua de aquella piscina. Al verme, sonrió con una expresión tranquila en la que por fin se dejaban ver la paz y la satisfacción.

Se acercó y se sentó a mi lado, dejando escapar un suspiro al mirar la superficie del agua.

—Es extraño... pensaba que nunca volvería a sentirme tranquila aquí después de todo lo que pasó. Pero ahora, estando contigo, todo se siente diferente —comentó.

Sonreí y asentí, entendiendo perfectamente a qué se refería. Aquella piscina había sido nuestro refugio y, al mismo tiempo, el escenario de los momentos más intensos de nuestras vidas.

—Supongo que, a pesar de todo, este verano fue uno que no olvidaremos fácilmente —respondí, mirándola con complicidad.

Ella rio suavemente y asintió, apoyando su cabeza en mi hombro.

—¿Recuerdas el primer día que te vi aquí? —me preguntó con una sonrisa nostálgica—. Te observé desde la silla y me levanté preocupada al ver lo increíblemente malo que eras nadando. No tenía idea de que acabarías siendo tan importante para mí.

—¡Muchas gracias por tu confianza en mis habilidades natatorias! —le solté echándome a reír y provocando la misma reacción en ella—. Bueno, yo tampoco pensaba que conocería a alguien como tú, pero aquí estamos y no me arrepiento de nada.

Nos quedamos mirando el agua, como si todo el verano estuviera condensado en aquellos reflejos dorados. Cada conversación, cada risa compartida, cada mirada de complicidad, todo parecía encontrar su lugar en la memoria de aquel instante.

—A veces me pregunto qué habría pasado si nunca te hubieras fijado en mí, si yo hubiera seguido pasando desapercibido —añadí, siguiendo con la broma e intentando restarle seriedad a aquel momento.

Ella se rio, mirándome con una chispa en los ojos.

—Créeme, eras difícil de ignorar con el ridículo que estabas haciendo al nadar así. Si no me llego a fijar en ti, pues estarías muerto porque te habrías ahogado.

—¡Pero qué tonta eres, de verdad!

Me encantó todo aquello porque me pareció que era la prueba indiscutible de que, aunque fuera poco a poco, había conseguido superar las pesadillas que se había visto obligada a rememorar.

—¿Y ahora? —le pregunté, mirándola con curiosidad.

—Ahora... creo que simplemente quiero disfrutar el momento, ver a dónde nos lleva esto sin preocuparme demasiado por el futuro. Quiero vivir como nunca me he atrevido antes —respondió y en sus ojos pude ver una determinación que me hizo sentir aún más cerca de ella.

Pasamos un rato en silencio, observando el sol desaparecer detrás del horizonte, dejando un cielo teñido de colores cálidos. La piscina estaba ya completamente vacía de gente y la calma era casi mágica e incluso terapéutica, como si el universo entero nos regalara aquel momento.

Finalmente, me puse de pie y le ofrecí mi mano.

—¿Una última vez en la piscina para despedir el verano? —le propuse, sonriendo.

Ella rio y tomó mi mano, dejándose llevar conmigo hasta el borde. Nos sentamos en el borde, sumergiendo los pies en el agua fría y el simple gesto de estar allí, juntos, me hizo sentir que no necesitábamos nada más.

Nos quedamos allí, observando cómo el cielo se oscurecía y las primeras estrellas aparecían, brillando sobre nosotros. Sentía que aquella era la despedida perfecta para un verano inolvidable, un verano que había cambiado nuestras vidas de formas que nunca habríamos imaginado.

Finalmente, Patricia se levantó y juntos comenzamos a caminar hacia la salida, dejando atrás la piscina y los recuerdos de todo lo que habíamos vivido allí. Sabíamos que, aunque el verano terminaba, aquello no era más que el comienzo de algo mucho más grande.

Nos tomamos de la mano y, al abandonar el recinto, supe que, pasara lo que pasara en el futuro, siempre recordaríamos aquel verano como el inicio de nuestra historia.

Don't miss out!

Visit the website below and you can sign up to receive emails whenever Frank Pumet publishes a new book. There's no charge and no obligation.

https://books2read.com/r/B-A-ASSQB-WKSHF

BOOKS 2 READ

Connecting independent readers to independent writers.

Also by Frank Pumet

Las chicas
Vanesa
Marta
Patricia

Soraya
Un clavo saca otro clavo

Standalone
Más allá de la cancha
Sombras de Mompracem